MAYA & MIGUEL

UN NOVIO PARA ABUELITA

Adaptado por Cara Haycack
Dirección artística: Rick DeMonico
Diseñado por Heather Barber

ISBN 0-439-74901-8

12 11 10 9 8 7 6 5 4 3 2   5 6 7 8 9/0

Printed in the U.S.A.
First printing, April 2005

SCHOLASTIC INC.

NEW YORK   TORONTO   LONDON   AUCKLAND   SYDNEY
MEXICO CITY   NEW DELHI   HONG KONG   BUENOS AIRES

W9-AHZ-038

Como la vez que decidió que las clases de matemáticas eran muy aburridas...
O la vez que pensó que papá se sentiría joven otra vez con un convertible...
Lo malo es que llovió.
En cualquier caso, este cuento trata de la vez que Maya decidió hacer de casamentera...

¡ÑIC!
No, Maya, por favor, sé lo que quiere decir esa nirada. Así que... ni se te ocurra.

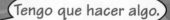

Tengo que hacer algo.

No lo hagas. ¿Por favor?

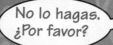

Es demasiado importante. Miguel, mira a tu alrededor. ¿No notas que algo anda mal?

Sí, que estoy parado aquí en vez de jugar a las escondidas con Tito.

Todos los adultos tienen una pareja, excepto abuelita. Papi tiene a mamá y tío Ernesto tiene a tía Teresa.
¿Y qué?
¿Y qué? ¿No te das cuenta de lo sola y triste que está abuelita?

Mira, Maya, abuelita está bien. No todos los adultos necesitan una pareja.

Nuestra vecina, la señora Donella, es soltera y no está sola ni triste.

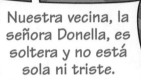

Bueno, eso es porque siempre sale con amigos.

¡BANG!

¡ZAS!

¡POP!

¡Eso es! Tenemos que ayudar a abuelita a conseguir alguien con quien salir.

Tiempo. Ha habido una falta en el partido.
No te preocupes
Va a ser divertid
Te lo prometo.
Eso dijiste la última vez que hiciste un plan y yo terminé sacándome espinas de cactos del...
¡JA, JA, JA! Oh, sí, eso sí que fue divertido.

¡Ay, *mijita*, tú nunca te ves fea! Además, la verdadera belleza viene de adentro.
Gracias, abuelita. Tú siempre sabes qué decir.
No como otras personas.
Discúlpame, Maya.
Ya sé cómo me las vas a pagar, querido hermano gemelo.

Maya, por favor. ¿Te acuerda
de lo que pasó la última vez
que trataste de conseguirle
una pareja a alguien?
¡CUAC!
¡ÑIC!

Es verdad que a Paco casi se lo come su novia... pero sigo pensando que ellos pudieron haberse arreglado.
¡AY YI YI!
Águilas.

La cuestión es que si abuelita quisiera tener una pareja, se la buscarí ella misma.
Miguel, abuelita sólo piensa en los demás, nunca en ella misma.

Maya, en este planeta nadie, excepto tú, pensaría que esta es una buena idea.

Maya, quizás estás preguntando a los que no saben.
Por supuesto... Tengo que ir donde estén los solteros.
Mmm... ¿y dónde hay solteros?

MÁS TARDE ESE DÍA, EN EL CENTRO SOCIAL . . .
Me encantaría comprar galletas... ¿Tienen galletas de menta?
No vendemos galletas.
Estamos recogiendo solicitudes. Por favor, llene este formulario de arriba a abajo, fírmelo y póngale la fecha.

No se olvide de poner tres personas que le puedan recomendar.
¿Qué estoy solicitando?
Una cita con mi abuela Elena.
¡EL PRÓXIMO!

Y UN POCO MÁS TARDE TODAVÍA . . .
¡Oigan! ¿Qué pasa aquí?
Nada. Siga su camino, por favor.

Pase usted, por favor. ¡PASE! ¡PASE! ¡PASE!
Todos son muy jóvenes, muy viejos... o muy ¡horribles!
A este paso, nunca le conseguiremos una pareja a tu abuela.
¡Nunca digas nunca! No descansaré hasta que mi abuelita deje de sentirse sola.

Mmm... No, a no ser que estés esperando cuentas. Lo siento Miguelito.
¿Cuándo va a llegar mi Astropack?
¡Quiero volar por todos lados!
Basta de distracciones, Miguel. Tenemos que encontrarle a abuelita...
una pareja...

Buenas tardes, señora Elena. ¡Qué bonito día!, ¿no?
Buenas tardes, señor Felipe. Sí, es un día precioso.
Oh, no... tienes esa mirada en los ojos...
Estaba ahí, delante de nosotros todo el tiempo... ¡El cartero! El compañero perfecto para abuelita.

¿El Centro Social? Ese lugar no es nada romántico.

Theo, usa tu imaginación. ¡Piensa en la música, las luces, los efectos especiales para transformar el lugar en un paraíso romántico!

Andy y Theo... por favor, arreglen un poco el lugar. Miguel y yo los llevaremos allí mañana a las seis.

AL DÍA SIGUIENTE, EN CASA DE LA FAMILIA SANTOS . . .
Ahí viene el señor Felipe. Tienes que meter este paquete en su bolsa. Si no, el plan fallará.
No, Maya. No voy a meter nada en la bolsa de Felipe. De ninguna manera.
Hola, Maya. ¿Cómo estás, Miguel?

Hola, señor Felipe. Miguel me estaba diciendo que le gustaría acompañarlo a repartir la correspondencia.
¿De veras, Miguel? Me encantaría que me acompañaras.
Muy bien. Bueno, me tengo que ir. No te olvides de lo que ya sabes, Miguel.
Nos vemos más tarde!

Bueno, Miguel, ¿por qué quieres pasar el día conmigo repartiendo correspondencia?
Este... eh... bueno... Es que... creo que me gustaría ser cartero cuando sea grande.
¿Ah, sí?
Sí. Parece una profesión muy este... interesante.

Eres muy observador, Miguelito.
Bueno, ahora tengo que ir a clasificar las cartas en la Oficina de Correos. ¿Te gustaría venir?
Por supuesto, me encantaría.

Muy bien, Theo y Andy están decorando el Centro Social, Miguel tiene el paquete secreto y nosotras tenemos que ayudar a abuelita a alistarse.

¿Tú crees que necesita nuestra ayuda?

¡Por supuesto! Su última cita fue allá en México cuando era jovencita y con chaperona.

Necesita ropa nueva, un peinado nuevo, un aspecto totalmente nuevo.
Quieres decir...
¡UNA TRANSFORMACIÓN!
Pero debe ser una sorpresa.

Terminamos, Miguelito. Ahora viene el turno de la tarde.
Toma, ponte esto por precaución.
Te han vacunado contra el tétano, ¿verdad?

ESA TARDE, EN LA RUTA DEL CARTERO . . .
Atento, Miguelito... estamos en el barrio del Toro.
¿Quién es el Toro?
¡GRRR!
GULP

¿Cómo podremos combinarlas? Soy modista, no maga.

Perfecto. ¿Y ahora qué vamos a hacer?

Bien, piensa, Maya.

¡Eso es! Haremos un vestido.

¿Qué están haciendo aquí, chicas?
Bueno... Te estamos tomando medidas para hacerte un vestido muy lindo, pero es un secreto.
Ay, mis hijas. Son tan atentas, pero yo tengo muchos vestidos lindos en mi clóset.
Pero de todas maneras, queremos hacerte otro vestido bonito.
¡Para el Año Nuevo Chino!
Porque es el Año del Vestido...

Mm, bueno...
También necesitarás un peinado especial y maquillaje.
Sí. ¡Vas a lucir tan bonita!
Gracias, pero ustedes saben que la belleza verdadera viene de adentro.
Exactamente, abuelita. Ahora, levanta los brazos por favor.

Oh, es sólo un pájaro. Bueno, se hace tarde. ¿Y ahora qué?
Mmm... No recuerdo haber clasificado este paquete. Está dirigido a...
"Mi Corazón", ¿Centro Social? No tiene nombre ni dirección... ¿Qué pasaría si esto cayera en manos de alguien que no conoce el vecindario?
Qué bueno que sea usted quien lo lleve, señor Felipe. Más vale que lo llevemos al Centro Social lo antes posible.
Ya veo que tienes un verdadero corazón de cartero. ¡Vámonos!

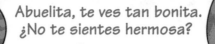

"Mi Corazón" ¡Ay, señor Felipe! ¡Qué detalle!
¡Ay! Mis chocolates preferidos... No sé qué decir... Gracias.
Oh, no tiene que agradecerme... Sólo estoy haciendo mi trabajo y me alegro mucho de haberla encontrado.
¿Ay, señor Felipe, gusta chocolates?

Gracias... ¿Señora Elena? ¿Es usted?
Por supuesto... ¿Quién más podría ser?
No la reconocí.
Este es un día lleno de confusiones. Primero, Miguel dice que quiere ser cartero y me pide que lo deje acompañarme...

Después, aparece un paquete extraño dirigido a "Mi Corazón"...
¿Miguel...?
¡OH, NO!
Entonces, traigo el paquete hasta aquí, aunque no tenía código postal y me la encuentro a usted, vestida como... bueno... ¿Cómo andan las cosas?
No estoy muy segura, pero creo que tengo una idea. ¡Nietos!

¿Qué estaban tramando?

Déjenme empezar diciendo... que no fue idea mía.

Es verdad.

Mija, no entiendo. ¿Por qué hiciste todo esto y me vestiste así?

Para que lucieras bonita. Yo quería que ustedes dos salieran alguna vez como pareja.

¿Pareja?

¿Pero por qué?

Yo no quiero que te sientas sola... Debes tener una pareja. Estoy preocupada por tu felicidad.

¿Mi felicidad? Mijita, escúchame. ¿Cómo crees que estoy sola con una familia tan maravillosa y unos amigos tan estupendos? Nunca me he sentido más feliz.

Y no era necesario que ustedes me engañaran para que saliera con la señora Elena. Para mí sería un placer.

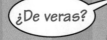

¿De veras?

Por supuesto. Para mí, el mejor momento del día es cuando le llevo el correo. Usted tiene una sonrisa muy hermosa y una personalidad encantadora.

Quizás es porque la verdadera belleza no es la que se ve por fuera. La verdadera belleza viene de adentro.

Eso es, mija.

AL DÍA SIGUIENTE,
EN CASA DE LA FAMILIA SANTOS . . .
¡DING DONG!
Yo abro. ¡Ya voy!
Hola, Miguelito.
Buenas tardes, señor Felipe. ¡Finalmente! ¡Mi Astropack! Tengo muchas ganas de volar...
Uh... ¿seguro que es eso? No es lo suficientemente grande para ser mi Astropack...
Estoy seguro.

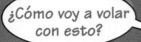

¿Cómo voy a volar con esto?

Miguel, ¿qué voy a hacer contigo? Todo el mundo sabe que un Astropack tiene que ser de titanio.

Tengo una idea...

Mi Astropack fue una desilusión, pero el plan de Maya fue un éxito.

La abuela Elena y el señor Felipe salen a bailar juntos todas las semanas.

Y yo aprendí que ser cartero puede ser muy interesante.

Pero lo más importante, aprendí que aunque Maya no sea precisamente como otras hermanas... creo que no la cambiaría. Por lo menos, no por ahora.